사랑의
뼈들

사랑의 뼈들

초판 1쇄 발행 • 2015년 3월 25일

지은이 • 김수상
펴낸이 • 황규관

펴낸곳 • 도서출판 삶창
출판등록 • 2010년 11월 30일 제2010-000168호
주소 • 121-809 서울시 마포구 대흥동 252-1 302호
전화 • 02-848-3097
팩스 • 02-848-3094
홈페이지 • www.samchang.or.kr

디자인 • 정하연
인쇄 • 신화코아퍼레이션
제책 • 국일문화사

사랑의
뼈들

김수상 시집

삶창

당신이 언어의 빙판에서 스케이팅을 하며

골까지 자주 넣는 아이스하키 선수라면,

나는 밑창이 낡은 고무신을 신고

언어의 살얼음판을 건너는 눈먼 봉사였다

쓰고 나니 모두가 몸 근방 50미터 안의 이야기들이다

내 시가 다시 시시해졌다

시야, 다음 생은 파릇할까? 그럼 기약하자

차례

제2부

제3부

제
1
부

──

사랑은 발등으로

얼음 장막이 천지를 뒤덮은 남극의 겨울, 황제펭귄들의 사랑의 성지, 수컷 펭귄의 오므린 발들이 모여 있는 오모크를 본다 암컷 펭귄이 죽음의 얼음장을 걸어, 걸어서 먹이를 구하러 간 동안, 수컷 펭귄은 연약한 알들을 곱은 발등에 얹은 채로 아랫배에 품는다 눈보라의 여신이 알을 데려갈까 석 달이나 선 채로 오므리고 있었을 수컷 펭귄의 발, 새끼가 태어날 때까지 한 번도, 단 한 번도 곱은 발등을 펴지 못했을 수컷 펭귄의 발, 피도 눈물도 없는 하얀 낙원에서 어떤 기도로 그 발들은 얼지 않고 견디었을까 얼음산 너머에서 암컷이 새끼에게 먹일 먹이를 구해 올 때까지 어떤 사랑의 주문을 외운 것일까 유리 조각 같은 눈 부스러기가 수컷의 오므린 발등에 박혀 있다 사랑은 발등으로, 발등으로만 올 때도 있다

폐경

꽃 피는 봄이 오면 부두에 배 들어올까, 배때기 뒤집
으며 퍼덕이는 황금의 고기 가득 싣고 내 님은 기어이
올까, 배 들어오면, 배만 들어오면, 그 말 이젠 아무도
믿지 않는다 해진 그물 같은 가랑이 벌리고 아무리 기
다려도 금빛 고기 떼는 오지 않는다 씨발, 인생 한 방이
면 돼, 홍콩 느와르 같은 대사를 몇 번이나 혼자서 씨부
리는 저 여자, 한쪽 무릎 세우니 흘러내린 치마 밑엔 허
연 허벅지, 늘어진 맨살에서 파도 소리가 들렸다 고운
살은 억센 이빨한테 다 뜯기고 참빗 같은 가시만 남아
화투패 쓸어 담는 저 여자

질膣에 대하여

　여자의 생식기를 질이라고 부르는데, 그 질이 새살 돋을 질이란다 막을 질窒에 육달월肉 변 하나가 붙었을 뿐인데, 그러면 그게 새살을 돋아나게 하는 구멍이 되는 것이다 꽉 막힌 구멍이 몸 하나를 얻으면 새살이 돋아나는 구멍이 된다는 것인데, 세상의 모든 아픔과 슬픔을 질에게 박으면 새싹이 돋아날까, 아픔과 슬픔도 발기할까, 첩첩한 유전이여, 없는 길도 자주 다니다보면 질이 나는 것을 그대는 알기나 할까, 내가 사는 동네에서는 길을 질이라 부르는 까닭을 그대는 알기나 할 것인가

　생은 수직이고 죽음은 수평이라는데 생이 수평으로 눕는 순간, 세계는 풋풋하다 함께 조로할 줄 알았던 풀들이 불어오는 바람 앞에 수평으로 나부낀다 꼿꼿한 것들이 명을 다하면, 결국은 살만 남기고 자진할 것인데, 알고 보니 그게 다 질 때문이다 부드러운 것이 빳빳한 것을 다스리는 것이다 수직을 수평으로 풀어놓는 것이 질이다 고개 숙인 발기의 무덤이여, 사는 일이 질에 달

려 있다 살이 살을 비벼서 새살을 돋아나게 하는 질의
말랑말랑한 이치를 이젠 그대가 알아주었으면 좋겠다

목숨 1

땡볕 반, 그늘 반 운동장을 돌다 보았다

평평하고 반듯한 줄 알았던 운동장에

흐릿한 고랑이 여럿이다

운동장도 비 많이 오는 날

저도 살자고 목숨의 줄을 내었던 것이다

다 살자고 하는 짓이다, 라는 말이

금방 이해가 갔다

목숨 2

이른 아침, 앞산 순환도로에서 효성타운으로 갈라지
는 네거리에서 보았다 맨 앞에서 좌회전 신호를 기다리
고 있었다 제법 몸집이 큰 까마귀 한 마리가 도로 한복
판에서 종종걸음으로 왔다 갔다 한다 가만히 보니 살점
이 찢긴 채로 무언가 땅바닥에 눌어붙어 있다 죽은 지
오래되지 않은 새끼 까마귀인 듯했다 맞은편에서 떼로
몰려올 자동차들 앞에 어미 까마귀가 제 죽음은 잊고
종종걸음을 하고 있었다

덧정

그 여자가 운다

이제는, 이제는, 하면서

마음을 다 몰아준 사람이 있었다고 했다

살을 바르고 뼈를 우려내

한 상 차려 올렸다고 했다

사연이 길었다

긴 사연은 뿌리에 묻었다고 했다

이제는 온몸이 가시가 된 여자,

엄나무 개두릅 그 여자

가시가 완강했다

덧정 없다고 했다

바람 하나

세상의 어느 귀퉁이에 쪼그려 앉았다가,
봄볕에 볼이 발개진 바람 하나가
잠시 다녀갔다
얼굴이 튼 바람 하나가

풋울음

징을 만드는 장인을 만났다
손톱엔 쇳물 때가 새까맸다
이가리를 만들고 사개질을 하고
한밤엔 담금질을 했다
수천 번을 두드리고 펴고 조인 후에
알몸의 울음 하나를 공중에 던져 놓았다
대문 밖으로 울음이 번졌다
울음의 지문이 골목에 빼곡했다
풋울음이라 했다
꼭지가 아물기 전의 울음,
연두의 계통이었다
풋울음, 풋울음, 자꾸 따라 불러보았다

봄 햇살은 제 등지느러미를 펼치고

기차 타기 전, 단양 남한강에서 쏘가리란 놈을 만나고 왔는데 그놈은 평소에는 등지느러미를 숨겼다가 놀라면 순식간에 등지느러미를 부채처럼 펼쳐 제 위세를 드러낸다 청주역에서 무궁화호를 타고 음성군 소이면쯤 지났을까 수양버들은 왜 땅을 향하고 포플러는 왜 하늘을 향할까 곰곰 생각하던 참이었다 느닷없이 창으로 쏟아지는 봄 햇살에 눈이 부셔 오른쪽으로 고개를 돌렸다 아주 짧은 청치마 아래 드러난 뽀얀 다리, 까만 양말에 초록 운동화, 열대여섯 정도의 소녀였던 것 같다 용기를 내서 그만 윗모습까지 훔쳐보고 말았는데 생머리에 까만 뿔테안경, 책을 읽고 있었다 봄 햇살도 놀라, 제 몸을 쏘가리의 등지느러미처럼 펼쳤을 맨살의 미끄러운 다리일 것인데, 그것 때문에 아무 생각도 할 수 없었다 그 햇살의 지느러미

분개구리밥속

우리 집 개, 잔느가 지난주에 첫 생리를 했다

이불이며 바닥에 묽고 여린 피를 흘려 놓았다

불임수술을 하면 병에 걸리지 않고 오래 산다고 해서

병원에 가서 배를 열기로 했다

맡기고 나서 인근 대학 구내식당에서 함박스테이크를

개처럼 처먹고 있는 중이었는데

전화가 왔다

어렸을 때 이미 자궁을 들어냈는데

아주 작은 조직 하나가 몸 안에 굳어 있어

생리를 하는 것이라 했다

찾아보겠으나 아주 작아서 못 찾으면 다시

배를 닫겠다고 했다

데려오기 전에 불임의 불구였을 아이의 자궁을 또

들어내려고 한 나는 또 어떤 개새끼인가를 오래 생각
했다

실로 꿰맨 상처 때문에 발발 떠는 아이를 들여다보다

세상에서 가장 작은 꽃, 의사도 찾아낼 수 없는 꽃이

무엇일까 알아보았다

분개구리밥속, 꽃이라 했다

먼지만 한 그것도 생리生理로 꽃 피는데

내 삶 어딘가를 쪼개도

　지금은 돌아가신 아버지, 여든다섯의 나이에 맹장염 수술을 했다 수술을 마치고 아버지는 마취가 풀리지 않아 춥다고 했다 물기 하나 없는 삭정이 같은 몸이어서, 건드리면 푸석이며 무너져내릴 것 같았다 뜨거운 마사지 팩을 하나는 심장 부근에 수건으로 말아드렸고, 다른 하나는 그냥 발뒤꿈치에 놓아드렸다 늙은 어머니만 남겨놓고 도망치듯 나왔다 마취가 깬 뒤, 발뒤꿈치가 벌겋게 달아올랐다 나중에 가서 보니 덴 자국이 어린아이 주먹만 했다 벗겨져 짓무른 상처, 몸조차 가벼워 돈 안 나지 않는 살, 나는 저지르고 아버지는 또 감당했다 내 삶 어디를 쪼개도 다르지 않다

얇은 막

지하 주차장에 차를 세우고 계단을 올라오는데 비누 냄새가 났다 얼마 전 새로 단장한 놀이터에 아이와 엄마가 비눗방울 놀이를 한다 크고 작은 방울들이 공중에 떠다녔다 까르르까르르, 했다

막내놈 어렸을 때다 엘리베이터에서 또래 아이가 문이 열리자마자 현관문 앞에서 엄마, 하며 큰 소리로 엄마를 부른다 막내놈은 엘리베이터 구석에 기대더니 웃음 한 조각을 흘렸다 그 웃음의 막이 비눗방울처럼 얇았다 건드리면 곧 울음으로 터질 웃음이었다

천적

암고운부전나비의 천적인 쌀좀알벌은

나비 알에 자기 알을 낳는다

하늘은 이렇게 또 원수의 알을 품는 법을 가르쳐준다

사랑은 어디에 알을 낳는가

사랑의 알에서 집착의 알을

골라내지 못했다 형벌이었다

제
2
부

흰나비

지하 만화방을, 맨 얼굴의

핏기 없는 여자가 며칠째 왔다

옆에 딸린 여자아이의 손을

젊은 여자가 꼭, 잡고 있었다

뒷모습만 보이는 사내들의

뒤통수를 골똘히 바라보았다

이마에 주름살이 많은

흰 잠바의 사내를 찾는다 했다

봄날, 문을 나서면서도

여자의 눈이 그렁그렁했다

떠도는 아픔을 몸에 모시다

아픔에게도 몸이 있어

저도 쉴 곳이 필요했나보다

몇 달 전부터 왼쪽 어깨에 내려앉았다

통증이 예리해서 부위를 딱 짚을 수도 없고,

목과 어깨 부근이 마냥 우리하다

먹이 한지에 스미듯, 아픔이 어깨에 번졌다

나를 통해 제가 꽃 피우는 것이다

먹감나무

마음에 마음을 통째 들이부었다

어떤 마음은 마음에 들었다

들지 못한 마음은

마음이 받아주지 않는 그곳에

울음 하나를 새겼다

검고 단단했다

먹빛 저녁

누가 자꾸 울며 따라온다

사랑 혹은 상처

—노태맹 시인에게

개미 배 속에 기생하는 선충은 개미를 새에게 먹히게 하려고 개미의 배를 빨갛게 만든다고 한다 새들이 좋아하는 딸기처럼 보이게 하는 것이다 게다가 그 선충은 개미가 배를 자꾸 치켜들고 다니게도 만든다 새에게 먹힌 선충의 알은 새의 배설물로 다시 나오는데, 개미들은 그것을 아주 좋아해서 다시 먹는다고 한다

먹고 먹혀서 다시 태어나고, 번지고 번져서 또 죽는 삶이여, 죽음의 배가 빨갛다

사랑의 배 속에 기생하는 상처는 자기를 사랑에게 먹히게 하려고 배를 어떤 색으로 뒤집을 것인가 아마도 상처의 배때기는 백일홍처럼 붉을 것이다 상처는 사랑에게 잘 잡아먹히려고 배를 치켜들고 다닐지도 모른다 사랑이 슬어놓은 알들은 붉은 상처투성이다 사랑은 그것을 아주 좋아해서 먹고 상처로 다시 태어난다고 한다

돌면서 알아차리고

나는 당신이란 붙박이별을 빙빙 도는, 나 스스로는 빛도 내지 못하는 떠돌이 행성일 뿐이다 당신이란 빛과 열이 없이는 나는 살아갈 수 없다 내게 딸린 위성들도 따지고 보면 당신의 에너지로 살아간다 생각해보니 나는 그 궤도를 잠시도 벗어난 적이 없다 그런데 어느 날, 당신이 내 사랑이 미덥지 못해, 플라즈마라고 불리는 엄청난 위력의 알갱이들을 날려 보낼지도 모른다 나는 우주의 고아가 되는 것이다 한 줌 빛도 없이 나는 캄캄하게 버려지는 것이다 오늘부터 그것을 알아차리고 당신을 돌기로 했다 알아차리면 다 된 것이다 돌고 돌면서 당신이 나에게 보내올 플라즈마를 생각하는 것이다 순식간에 내가 먼지가 되고 말, 그 막막한 태양의 폭풍을

사랑의 뼈들

1

걱정은 정情 가운데 제일로 캄캄하고 어두운 정이다 그러나 걱정은 사랑의 내용이다 걱정을 걱정으로 바꾸는 것은 사랑만이 해낼 수 있다

2

진흙 묻은 밑창으로 살다가, 와장창으로 살다가, 엉망 진창이 되었다 당신이 내 쪽으로 작은 창을 하나 내어주었다 그러자 내 삶이 울울창창해졌다 나는 주구장창 그 창만 바라보며 산다

3

세어보니 파란이 만장이나 되는데, 그걸 빨래 개듯 차곡차곡 개어놓고 말도 없이 가는 사람아

4

바람이 불 때 나뭇잎들이 흔들리는 것을 막을 수 있겠

더냐? 당신도 나에게 그렇게 왔다

5

잘 익는다는 건 잘 썩는 것, 홍시를 보았다 딱, 고만큼
만 썩고 싶었다 당신 말대로 나는 썩을 놈이다

6

당신 앞에 설 때마다 나는 없다 나라는 존재를 망각하
고 마는 것이다 당신 앞에서 나 따위는 아무 소용이 없
더라 당신이야말로 나에겐 존재 망각의 역사다

새는 없고 발자국만

젖은 흙에 새 한 마리가 발자국을 남겼다

밟으려다 아차, 그만두었다

진흙의 세상에 왔으나 흔적조차

남기지 않고 사라지는 것도 많다

그냥 왔다 좀 울고 가면 되는 것이다

나도 당신의 젖은 마음밭에

새 발자국만큼의 흔적으로,

꼭 그 무게만큼만 울다 가고 싶다

새는 없고 발자국만 남았다

추세

추세趨勢의 세 자가 불알이란 뜻도 가졌단다 이를테면 불알이 떨어지도록 몸을 몰아 무엇을 향한다는 뜻인데 나는 그런 추세를 만난 적이 있다 두류공원 문화예술회관 앞, 구름다리 아래에 잉어들이 떼를 지어 살고 있다 새우깡을 던져주었다 잉어들은 먹이가 던져지는 지점을 정확하게 알아서 온몸을 몰아 먹이를 향해 돌진한다 그때는 야성이다 먹이를 먹는 놈도 있고 밀려나는 놈도 있다 순식간에 먹이를 다 먹어치우고 물속으로 떼지어 사라진다 먹이를 발견하고 물살을 가르며 등을 휘는 그 순간, 그 찰나의 잉어 떼의 자세, 그것을 추세라 믿고 있다 내 안에 잉어 떼가 산다 당신이 나타나면 한꺼번에 등을 휘며 당신에게 달려간다 당신이 날 몰아가는 것이다

울컥

싱크대에 걸레를 빤 물을 버렸다 시커먼 물이 한꺼번에 밀려들자, 거름망이 들썩이며 울컥거렸다 싱크대가 물을 잘 받아내기 위해, 잠시 떠받았을 뿐이다 당신이 날 도로 게워놓은 줄 알았다 미안하다, 당신이 그 울컥임의 꼭대기에서 출렁이는 것을 보지 못했다 덜컹거리며 울컥이는 당신을 보지 못했다 그 후, 당신은 오래도록 캄캄하고 고요했겠으나 내 마음엔 광증이 끓었다

상징

　피아노를 치는 가늘고 긴 그녀의 손가락을 욕망의 집
에서 빤 적이 있다 가령 그녀의 엄지는 거의 내 검지의
길이와 맞먹는데 바람 불고 비 오던 어느 저녁 나는 그
녀의 가운데 손가락을 하염없이 빤 적이 있다 그녀의
손가락 마디마디엔 근육이 서려 있어, 어떤 서기瑞氣 같
은 게 깃들어 있어 손가락만 바라봐도 그녀의 피아노
소리가 들리곤 했다 그쯤에선 나의 불안과 권태도 눈
녹듯이 사라지는 것이었는데 물집처럼 부풀어 오르는
그녀의 분홍빛 살도 마다하고 나는 다시 그녀의 가운데
손가락을 빠는 것이다 빨면, 어디서 닳아 왔는지 모를
굽이 다 닳은 그녀의 구두와 비밀로 가득 찬 핸드백과
아직 핏기가 가시지 않은 그녀의 싱크대 위의 푸른 고
등어가 한 몸으로 얼크러져 따라 들어와, 검은 내 입 안
을 휘젓는 것이었다 입 안은 핏물로 홍건히 적셔졌는
데, 그녀는 사라지고 가운뎃손가락의 가늘고 긴 흰 뼈
만이 남아 욕망의 집 위를 유령처럼 떠도는 것이었다

몽유도원도

―마우스

날 애무해줘

부드럽고 그리고 빠르게 더블로 클릭해줘

난 너의 흰 손에 잡히는 젖가슴

물오른 성기이며 너의 모든 욕망이야

클리토리스를 부드럽게 자극해줘

복숭아 정원을 보여줄게

탯줄을 빠져나온 예쁜 남근들이

욕망의 자궁을 환하게 열어줄 때까지

내 몸을 달궈줘

클릭 앤 홀드 혹은 드래그로

다양한 체위로 날 흥분시켜봐

빛의 속도로 오르가슴을 느끼고 싶어

난 미끈하고 흥건한 인터페이스야

만져봐, 날 만지면

세상의 모든 욕망과 관계할 수 있어

그래 난 욕망의 덩어리로

앙증맞게 납작 웅크려 있는

한 마리 짐승이야

꿈의 해석

나는 아버지를 죽이고 엄마와 자고 싶었다 이 불경스런 욕망을 거세로 위협하며 아버지가 채찍을 들고 문명을 얘기했다 나는 이제 욕망을 말할 수 없게 되었다 그래서 빌딩이나 지었다 빌딩은 발기한 남근, 나는 말할 수 없는 것을 말하기 위해 극장 하나를 그 빌딩 안에 세웠다

습지

질척이는, 축축한 바람과 흙과, 자꾸 낮아지는, 어떤
물기와, 빠져 뒹굴고 싶은, 끈적한, 비릿한, 밤을 달이
는, 지금 이 시간의, 거기서 별을 보고, 볏짚 냄새를 맡
고, 어떤 소리는 빛으로 오는, 말[言]이 젖는

제 3 부

틈

늦은 밤, 가게 문 닫고
도넛 냄새 함빡 배어 집으로 오는 길

아빠, 하고 불렀다

야간자습 마치고 오는 딸아이였다

캄캄했는데
멀리서도 알아봤다

한곳에 오래 모여 사는
낡고 해진 것들에게는

어둠도 밝은 틈 하나를 마련해준 셈인데

그 틈 덕분에 나도 아이도
어둠 속에 잠시 피어났던 것인데

껍질은

멀리서도 보였다

잠시잠깐이었지만

어둠이 묽어졌다

상처

막내놈이 늦은 수두를 앓는다

머리부터 발끝까지 부푼 물집이 빼곡했다

면봉으로 묽은 연고를 찍어 발라주었다

앓는 자리가 하도 많아

나중엔 애처롭지 않았다

상처에 눈길이 오래가려면

상처 하나를 깊게 멀리 앓아야 한다

구름의 문장

사흘 전부터 책상 위에도 밥상 위에도 푸른 물감이 자꾸 묻어났다 아침밥을 먹다가 막내놈 젓가락질하는 손을 보니 같은 색이 묻어 있다 막내놈 가방을 모조리 비우니 코발트색 튜브물감 하나가 찌그러져 책이며 공책이며 가방에 푸른 떡칠을 해놓았다 게임할 시간은 있고 가방 정리할 시간은 없냐고 등교하는 아침에 눈물이 쏙 빠지도록 혼을 냈다 보내놓고 젖은 걸레로 책이며 공책을 닦는데, 책과 공책의 모서리는 이미 푸르게 바뀌었고 손이며 흰 걸레도 다 푸르게 되었다 문득 막내놈 네 살 때, 낡은 자동차 앞에 태우고 영화 보러 가던 그 푸른 하늘 흰 구름이 생각났다 그때 그 아이가 푸른 하늘을 보며, 햇빛 때문에 눈을 찡그리며 말했다 "아빠, 내 엄마는 누구야?" 태어나서 처음 엄마를 물어왔다

까치집, 1004호

잎들 다 떨어진 가지에

둥근 달 하나가 떠올랐다

물어다 나른 마음의 가지들이 무성했다

밥 한 그릇에 반찬 하나를 먹는다고 했다

메마른 것이 메마른 것을 만나

젖은 생명을 거두는

사연 하나가 매달려 있다

맑은 날

날이 흐리다가 맑아서

오래된 베개를 빨기로 하였다

혼자 벤 베개임이 분명한데

베갯속이 얼룩덜룩하였다

나도 모르는 내가 여기에

울고 간 적 있었나보다 아직도

나를 알아보지 못하는 울음들이

빼곡하였다

오이 냄새가 났다

하늘은 구름을 경작하고

하늘이 양털 모양으로 구름을 갈아놓았다

경운기가 밭을 갈고 있다

밭의 문양이 구름의 모양을 닮았다

하늘이 말했다

놀고먹으면 안 된다

어제는 한 꼭지에 20만 원을 주기로 하는 글을 썼으나

밭이 제대로 갈리지 않아 10만 원만 받기로 했다

쌀을 샀다

하늘이 다시 말했다

괜찮다, 가을엔

푸른빛만 남기고 나도 놀고먹는다

망을 던지다

1

나는 망을 보는 사람이다 아침에 일찍 일어나 아이들 밥해 먹이고 출근해서 망을 본다 사무원들이 전화를 잘 거는지, 잘 설득하는지, 망을 보는 것이다 나에게 월급을 주는 이가 망을 잘 보라고 했는데, 오래 망을 보다보니 망을 보는 가장 좋은 자세는 관망觀望이라는 것을 알게 되었다 분별과 견해를 가지고 바라보면 안 된다 말과 모양에 끄달려서도 안 된다 그저 바라보기만 하면 되는 것이다 대강 이런 것들을 알아차렸다 바라보다보면 내가 '바라밀다심경'이 되기도 하고 랭보처럼 견자가 되기도 하였다 가끔, 반야가 둥둥 떠다녔다

2

봄이 여름으로 건너갈 무렵 월차를 썼다 빨래를 개었고 아무것도 먹지 않았다 장다리꽃의 초록이 노랑을 서서히 먹어치우는 것만 하루 종일 바라보았다 망에 넣은 빨래는 보푸라기 하나 묻지 않고 깨끗하였다 다음 날

출근해서 나는 사장에게 망보기 주간보고서를 썼는데,
물은 출렁여도 물이었고 내 앞에서 생멸하는 풍경은
'처럼'과 같았다고 썼다 직유가 은유를 삼켰다 망은 그
물과 같은 망이었다가, 망할 망이었다가, 잊을 망이었
다 이런 망할, 나는 나를 잊지 않기 위해 나를 알아차렸
다 나는 망을 던지는 사람이다 세계가 둥둥 떠다녔다

어머니는 부푼 치마를 안고 들판에서 돌아온다[*]

한 달째 무위도식인 내가
산에 갔다 오던 날, 엄마 보러 갔다
땀 흘리는 나를 보고
시원한 물 먹이려 냉장고 문을 급하게 열다가
흔들리던 앞니 세 개가 모두 우수수 빠져버렸다
한 눈 없고, 귀 어두운 상노인 우리 엄마
바닥에 흩어진 앞니엔 아랑곳하지 않고
결명차 시원한 물병만
한 손에 꼭 잡고 있었단 말이지
냉장고 문 하나도 제대로 못 여냐고
소리만 고래고래 질렀단 말이지
집으로 돌아오는 길, 대낮인데 왜 그리 캄캄했던지

[*] 체사레 파베세, 「이해하지 못하는 사람들」 부분.

58

눈 안에 누가 살고 있다

왼쪽, 눈 흰자위에 가느다란 실핏줄 두 가닥이 나타나더니 오래도록 사라지지 않는다 마음 때문에 몸이 괴로운 날 그것들은 더 선명하다 안과엘 갔다 끈적끈적한 하얀 젤리 같은 눈 흰자위를 초자체라 하는데, 내 눈 거기에 어떤 작은 섬유질이 생겨 그것들을 먹여 살리느라 실핏줄이 그리로 이어졌단다 그냥 두어도 괜찮지만, 불순물의 일종이므로 보기에 흉하면 섬유질을 걷어내야만 실핏줄이 사라진다고 했다 집에 와 오래도록 그놈을 들여다본다 보다가, 나는 내 아이들을 생각한다 아비의 끈적끈적한 영혼에 초파리처럼 날아와 엉기어 붙었을, 안쓰럽게 매달려 있을, 여리고 비린 내 새끼들을 생각했다 눈 안의 작은 섬유질을 먹여 살리고 있을 끊어질 듯 말 듯한, 실핏줄이 꼭 나를 닮았다는 생각에, 가엽다는 생각에, 불순하다는 그놈을 나는 걷어내지 않기로 한다 생의 어떤 증거 같은 끔찍한 그놈

누에

뻥튀기 과자를 입이 궁금할 때

녹여 드시라고 한 보따리 샀다

내가 먼저 안 먹으면 당신도 안 먹겠다고 우겨서

뻥튀기를 다 나눠 드렸다

뻥튀기 먹는 소리가 치매 6병동에 아삭아삭거렸다

늙은 누에들이 마른 뽕잎을 갉아 먹고 있었다

잇몸들만 붉었다

엄마

엄마,라는 말을 쪼개면

어마어마한 살의 단내와

젖의 은하와

지네발 같은 사랑의 촉수가

자글자글 한 곳에 붐비다가

와락, 쏟아지겠지

쏟아진 엄마가

모로 잠든 어린 막내놈의

등에 흥건하다

생활의 발견

　냉장고가 운다 내일이 입춘이라는데 한밤에 혼자 깨어 냉장고가 울고 있다 반쯤 남은 소주병이 울고 젖은 시래기가 울고 아버지가 먹다 남기고 간 간처녑도 벌겋게 울고 있다 운다 내일이면 입춘이라는데 냉장고가 울고 있다 냉장고 옆에 걸린 달력도 울고 설날 벌건 연휴의 숫자도 울고 있다 식탁의 숟가락도 울고 싱크대의 수세미도 울고 있다 봄이 오면 어쩔거나 꽃이 피면 또 어쩔거나 비가 온다 비는 와서 운다 생활이 운다 무서운 생활이 온다

봄밤

간판도 없는 지하 이발소에서

수건 삶는 묘한 냄새가 났다

빨강 꾸부리

대명동 19번 도로, 옛날 하꼬방 같은 퇴폐 술집이 즐
비하던 곳, 빨강 꾸부리란 술집, 돼지의 내장임이 분명
한, 그 꾸부리 술집에서 우리는 꾸부리고 낮부터 술을
마셨네 우린 놀랄 일이 없어, 그냥 생을 엎어버리고 싶
다고 했지 바람도 꾸부정하게 은행나무에 걸터앉아 있
고, 당신은 사 년 전 사별한 아내를 얘기했네 실밥이 흘
러나온 당신의 낡은 반바지와 슬리퍼를 보며, 혼자된
것들의 내력을 읽었네 글이 우릴 먹여 살릴까, 우리도
통속通俗해버릴까, 날개 부러진 선풍기 웅웅거리며, 꾸
부러진 바람을 내보내던 빨강 꾸부리

늘 새치기만 당했다

세 차례 면접을 보고 최종 결과를 기다리는 시간이었
다 문자로 알려준다고 담당자는 얘기했다 알림 소리를
열어놓고 문자만 기다렸다 답을 준다는 꼭 그 시각 무렵
에 드디어 떴다, 밀감 2kg 2980원 배추 1통 1980원 간고
등어특 1손 4900원 돼지 앞다릿살 1근 3300원, OK포인
트마트, 생계보다 앞질러 오는 마트여, 네가 늘 먼저다

토하 土蝦

며칠째 잠이 오지 않아

다리를 오그리고 등을 말아보았다

오래된 슬픔에서 수염이 돋아났다

흙내가 났다

다 잊으라고 했다

진흙 이불 빠져나오니

쌀밥 같은 아침이 먼저 와 있었다

제 4 부

봄날에 대하여

1

꽃들은 결심한 뒤에야 꽃을 피운다는 것을 얼마 전에
야 알게 되었습니다 결심決心이 결심結心인 줄 알았습니
다 결심은 마음의 제방을 무너뜨리는 물줄기와 같은데,
마음을 묶어두는 것이 결심인 줄 알았답니다 얼어붙은
마음이 봇물 터지듯 터져야 하는 것이지요 꽃은 피어나
는 게 아니라, 터지는 것일지도 모른다는 생각을 해보
게 되었습니다 마음을 개집에 묶인 개처럼 결박해두었
으니 열망은 재처럼 차갑게 식었습니다

2

내 집은 무릉인데 눈앞은 도원입니다 무덤을 등지고
서 비로소 피어나는 꽃을 바라봅니다 둑이 무너집니다
푸른 물줄기들이 시퍼런 힘줄을 모아 당신에게 달려갑
니다 풀어놓은 개처럼 펄쩍펄쩍 솟구치며 달려갑니다
결심이 사방에 낭자합니다 높은 곳에서 낮은 곳으로 흘
러가는 저 마음의 줄기들은 정처 있습니다 터지며 흐르

는 당신 때문에 나는 매끈한 공간이 되겠습니다 터지면
서 흐르며 적셔주세요 여기는 바닥들의 집입니다

책 冊

식물성의 이름이 예뻤다
한 장씩 네 몸을 뜯어 먹으면 어떨까
너의 치마 안의 사정이 궁금했다

밤이면 우물처럼 다시 깊어지는 우울,
우울의 수면 위로 착란이 파문을 일으킬 때
너는 내가 미리 점찍어둔
유곽의 여자처럼 뽑혀 나와
내 곁에 나란히 누워 있다

너는 피로의 세계이므로 널 따라가는 나는
밀밀한 너의 숲에서
자주 길을 잃거나 곁길로 새고
그러나 별이 뜨는 언덕에선
가끔 나는 밑줄을 그었다

이쪽의 빛이 이울면

저쪽에선 어둠이 다하고
물과 불, 빛과 어둠이 한 몸으로 녹아
몽상의 안개를 이루는 아편의 집

어떤 세계는 너 없이도 더없이 안녕한데
나는 오늘 너의 내장을 일직선으로 꿰고 싶다

억장, 무너지다

삼월에 돌아가신 아버지의 유품을

정리하다, 낡은 일기장을 몇 쪽 보았다

차마, 다 읽지 못하였다

하물며,

니 엄마와 아빠, 누나와 동생, 언니와 오빠들은

니 방을, 니 책상 위의 또박또박한 글씨들을

어찌 볼까, 니가 흥얼거리던 저 노래들을 어찌 마저
들을까

밥때가 되면 밥물이 끓듯, 슬픔도 끓을 것인데

국수를 먹을 때면, 슬픔의 다발이

그대로 남아 젓가락 위에 걸려 있을 것인데,

살아 있다는 것이 이리도 욕되고

먹는 일이 짐승처럼 느껴져도 되는 것일까

정말 이래도 되는 것일까,

시도 때도 없이 불어나는 이 노여움의 정체는 무엇일까

아직도 물에 퉁퉁 불어 선실 어디에

짐짝처럼 내버려져 있을 너를 생각하며

살아남은 우리는 퉁퉁 불은

눈이나 비비고 또 비빌 것이다

노란 리본이야 가는 봄바람에 나부끼면 그만이지

늦봄 햇살, 토담의 사금파리처럼 반짝이는 너를 어찌 볼까

모진 게 목숨이라더니 비 오는 새벽에

나는 또 밥을 안친다

이 밥 냄새를 맡고 현관문을 열며

니가 들어왔으면 좋겠다

지하철에 타 죽고, 눈 하나도 견뎌내지 못한

지붕에 깔려서 죽고,

이번엔 물에 갇혀 죽은 내 새끼들아,

지하에서, 땅에서, 물밑에서 죽임을 당하고 또 당하였으니

하늘만이 남았다

이제는 하늘이 살아남은 우리를 용서치 않을 것이다

죄를 물어 반드시 그들을 죽일 것이다

물이 차오르는 배 안에서 구명조끼를 서로 양보하며

수정 같은 맑은 웃음을 짓던 내 아이들아,

이 땅에선 다시는 만나지 말자

함께 손잡고 하늘 곳곳 별들과 별들 사이로

수학여행 잘 다녀오렴 니 별자리 이쁜 이름도 지어놓고

깔깔거리며 먼저 가서 놀고 있으렴

어느 주꾸미의 죽음

척추도 지느러미도 없이 지식만 빨다가 얼마 전에 죽은 내 친구 시간강사는 죽어서도 대가리에 먹물만 잔뜩 넣고 응급실 시트에 널브러져 있었다 먹물 제대로 한 번 쏟지도 못하고, 어느 바다 밑 모래밭 피뿔고둥의 빈집에 들어간 주꾸미는 포항 죽도시장 영포경매장 나무도마에 널브러져 있었다 주꾸미탕을 먹고 오는 길에 주꾸미, 주꾸미, 하고 불러보니 그 소리가 영락없이 죽음이, 죽음이,로 들렸다

국수 시를 쓰려다가

도원의 늙은 느티 할매와 소나무 할배가

어린 손자를 데리고 국수를 말아 드시고 있다

손자의 손은 갓 피어난 버들잎 같았다

굵은 비가 마구 퍼붓는 저녁 무렵이었다

적 곁에는 막

오후가 적막했습니다 막적이라 하지 않고 적막이라 하는 까닭은 고요한 것 곁에 쓸쓸한 것이 따라 눕기 때문이지요 막은 마구마구 쓸쓸할 막寞인데요 해가 뜨고 풀이 피어나도 지붕 안에 큰 대 자로 뻗어 있는 형상이네요 그런데 당신은 지붕도 없이 그리움이 떠받쳐준 마음의 가지 위에 혼자 올랐네요 어쩌지요 정말 어쩌지요 나에겐 뻗을 팔다리도 없어요 무엇을 뻗고 무엇을 뻗쳐 당신의 가지에 나도 따라 오를까요 적적막막한 슬픔의 능선만 병풍처럼 펼쳐지네요

그래서 말인데요 곁을 없애면 어떨까요 적寂은 그냥 적籍이 되어 서書를 찾아 날아다니게 두고 막寞은 그냥 막膜이 되어 제멋대로 찢어지게 놔두는 것이 어떨까요

마음을 재다

1

조주종심(778~897) 선사에게 한 객승이 물었다

"만법은 하나로 돌아가는데, 하나는 어디로 돌아갑니까?"

조주 선사가 대답했다

"나는 청주 땅에서 베옷 한 벌을 만들었는데, 무게가 일곱 근이었다."

2

결국은 마음으로 돌아간다 마음의 무게가 일곱 근이나 된다 나는 그렇게 읽었다 어떨 땐, 그 마음이 천근만근이 될 때도 있다 잠자리는 언제 잠자리에 드나? 베옷이 잠자리 날개처럼 가벼워졌으면 좋겠다 고기는 1근을 600g으로, 야채는 1근을 375g으로 친단다 베는 삼으로 만들었으니 식물(야채)로 보면, 375g×7근=2625g이다 약 2.6kg이다 또 마음을 고기로 치자면 600g×7근=4200g

이다 4.2kg가 동물성 마음의 무게다 조주 선사가 끌고
다닌 마음의 무게를 재고 나니, 마음 덩어리가 눈앞에
확연히 떠올랐다

염簾

1

올여름엔 발이 필요하다

나를 보여주지 않고 바깥은 보고 싶다

바깥의 눈들은 막고 내 눈은 열어두어야겠다고 생

각했다

2

수렴청정垂簾聽政,

대소 신료들이 모여 있고 왕대비가 꼿꼿하게 허리를

세우면,

대쪽 같은 말들이 화살처럼 오가는 편전을 생각하였다

반질반질한 마룻바닥에 하오의 햇살이 내리꽂히면

수렴 밖으로는 대비의 버선발이 살짝 보이기도 했다

하였을 것이다

3

바람은 늘 바깥에서 안으로 불었고, 경계하였으나 바

람과는 통정通情했다 나는 항상 너를 보았으나, 너는 나를 볼 수 없었다 보지 못한 것은 두렵다 내밀함을 지키면서 바깥과 정을 통하려면 촘촘해야 한다 가늘고 가는 댓살이 된 발은 모시처럼 고왔을 것이다

4

견자가 되기로 마음먹었으나
앞집 남자가 단위농협에 다닌다는 것을
팔년이 지나서야 알게 되었다

5

올여름, 발 하나만 있으면 아마도 좋은 시인이 될 것이다 너는 나를 보지 못할 것이므로 나는 아담의 말을 혼자서 중얼거릴지도 모른다 바깥의 풀이 흔들리면 풀이 되어 흔들리고 노을이 물들면 노을로 타는 발, 이웃집 밥물이 끓으면 밥 냄새를 그대로 전하는 발, 받아쓰기를 잘하는 발, 발 하나가 필요하다

단풍

멀리,

정인에게서 탕약이 왔다

옻빛 같은 밤이 흘렀다

이른 아침

산은 온몸이 멍이다

스스로를 매질했던 빛

멍들이 울긋불긋했다

산까치 한 쌍이

시간을 물고 산을 건넌다

문득 풀리는 멍

어디서 약 달이는 냄새가 났다

이석중

혼자 눈뜬 아침

당신이 있는 그곳으로 고개를 돌리자,

천장이 무지갯빛으로 소용돌이치며

천길 나락으로 곤두박질쳤다

별안간, 이마엔 땀이 흥건하고

속이 울렁거렸다

내 몸이 광활한 우주였다

어중간

사이가 있어야 제맛이지

죽고 못 사는 애인 사이도

딱 붙어 있으면 지겹지 않을까

건너뛰는 재미도 모르고 시를 쓰겠다고 하였다

고무줄놀이 하듯

징검다리 건너듯

그렇게 건너뛰다 보면

봉우리에서 봉우리를 단숨에 건너고

바람을 몰아 땅을 줄이며 너에게 이르는 것인데

어중간,

금을 밟아야 태어나는 자리,

여기서 보면 여기 같고 저기서 보면 저기 같은

자리,

빨랫줄의 한가운데쯤에 장대를 세우는 일

장대 하나로 흰 빨래를 더욱 희게 하는 일

말의 맥을 짚어 병든 말을 펄럭이게 하는 일

어중간은 참 어중간한 데 있어,

찾아내기가 참 어중간하기도 하였다

경향

그런 경향이 있었지

늘 왼쪽 무릎을 세우고 밥을 먹는다든지

필터에 침을 하나도 묻히지 않고 담배를 핀다든지

술자리에 가면 늘 모서리 앉는다든지

아침에 꽃은 어떤 경향으로 피고

또 나뭇잎은 어떤 경향으로 나부끼는지

그런 사소하고 시시한 말들 말고

가령,

당신이 어느 밤 울며 나에게 기댄 기울기의 방향,

사랑의 간판을 내리던 그 기울기의 향방이

어디로 어떻게 왜 차라리

내가 모르는지 몰라야 하는지

그러고도 시를

　나쁜 꿈을 꾸었느냐? 예 나쁜 꿈을 꾸었습니다. 무슨 꿈을 꾸었느냐? 제가 제 눈으로 똑똑히 본 일을 여럿이 있는 데서 증언해야만 그 일이 바로 서는 일이었는데 저는 침묵했습니다. 왜 침묵하였느냐? 그 사람이 그 사람의 입으로 먼저 말하기를 기다렸습니다. 울었느냐? 예 울었습니다. 왜 울었느냐? 그 사람이 자기의 죄를 고백하지 않고 말을 더듬었습니다. 그런데 왜 울었느냐? 저보다 먼저 그 사람의 죄를 묻는 의로운 사람이 있었습니다. 그 사람이 저보다 나아서 울었고 죄를 지은 그 사람이 또 가여워서 울었습니다. 무슨 죄이더냐? 사람을 죽였는데 죽일 만하였습니다. 그러나 사람을 죽인 일보다 더 큰 죄는 자신을 속인 죄라는 생각을 꿈에서도 하였습니다. 그러고도 시를 쓴다고 했습니다.

의로움을 향해 한 발짝

김곰치 • 소설가

1

대학 시절에 누구 못지않게 한국시를 열렬하게 읽었지
만, 그 후 오랜 세월 나는 성실한 독자로 전혀 살지 못했
다. 어쩌면 한국시의 가장 신경질적인 독자가 아니었을
까. 백무산의 『인간의 시간』을 처음 읽은 것이 1997년이
었지 싶다. 그 후 약 십 년에 걸쳐 네 번 더 읽었다. 늘 정
독했다. 그 시집은 다섯 번째 읽을 때, 가장 좋았다. 정말
최고였다! 충격적인 것은 시집을 읽는 동안, 신동엽 시인
의 영혼과 만났던 것이다. 두 사람이 같은 영혼의 소유자
라는 것을 나는 그때 알았다.

지인들에게 "생존해 있는 시인 중에 백무산 빼고 한국시
는 다 죽었지"라고 말하며 서른 몇 살과 마흔 몇 살을 살
았고, '최고의 느낌'이 아니라면 상대하지 않겠다는 듯이
그들 근방에도 오지 못하는 시를 보면 그렇게 신경질이 났
다. 나는 어마어마하게 교만한 독자였는지도 모른다.

'큰 사람, 큰 마음'이라고 요약할 수 있는, 백무산 시집

속에 재림하고 있었던 신동엽을 알아본 그때의 나를 작은 자부심과 함께 언제까지나 기억할 것이다. 그 자부심을 믿고 이 글을 쓴다.

2

내가 다시 한국시를 가까이하게 된 것은 2012년부터였다. 매일같이 읽는다. 그것은 페이스북에 가입한 덕분이다. 상투적이거나 대중에게 영합하는 듯한 감상적인 구절을 쓰고 있는 문인들은 페친 사이를 맺고도 페이스북을 거의 방문하지 않았다. 나는 이름을 들어본 적 없는 문인들을 주시하는 편이었다. 김수상 시인도 그 한 명이었다.

그는 독서량이 나보다 네댓 배 많아 보였으며, (처음 알게 된 2년 전 당시에) 카프카 이야기를 많이 하고 있었고, 하루에 두세 편의 시를 지어 '페친'들에게 보여주고 있었다. 그의 시는 제목이 없는 경우가 많았다. '시를 잘 읽었다'고 하면, 잡글일 뿐 시가 아니라고 그는 겸양을 차렸다. 그러나 시였다. 리듬을 가진 말을 아껴 쓰고 있었고 의미의 호흡과 감정 결을 따라 행갈이를 하고 있었고 각

편마다 인생과 사물에 대한 알맞은 깨달음을 솜씨 좋게 담아내고 있었다. 왜 아닌가. 본인이 한사코 시라고 하지 않을 뿐인데, 모두가 시라고 한다. 나는 그의 겸양을 무시하지 않기로 했고 제목이 없는 그의 시를 '시글'이라는 말을 만들어 칭하기도 했다.

그의 페이스북을 꾸준히 방문하게 되었으니, 즉 내 견지에서 그의 시글은 상투적이지 않고 감상적이지도 않았다는 말이다. 등단은 어디서 했을까, 시집은 몇 권이나 냈을까? 그러나 알게 된 바, 그는 등단을 한 적이 없으며, 당연히 제 이름으로 된 시집이 없었다. 그는 나이가 나보다 대여섯 살 많았다. 시인도 아니면서 왜 저 나이 되도록 시를 쓸까(또 왜 시를 참 잘 쓸까). 알고 지내는 선배 문인들이 있고 그 어떤 인연의 권에 따라 등단 직전까지 갔으나 잡지사에서 금전을 요구해 크게 상심하고 등단이나 시집 욕심 같은 건 내지 않고 살겠다고 오래전에 결심했다는 사실도 알게 되었다. 나는 "참 멋진 일"이라고 조금의 망설임 없이 말했던 것을 기억한다. "허명과 돈이 판치는 세상에서 진짜 시인은 시집을 안 낼 것 같습니다"라고 두려움 없이 말했다. 그러다가 재작년 초여름 어느 아침의 일이다. 이 글에 꼭 적어야 하는 잊을 수 없는 순간과 만났다. 그가 내게 최고의 느낌을 안겨준 아침이었기

97

때문이다.

그는 간밤에 꿈을 꿨고, 방금 꾼 꿈을 적어 올렸다. 나는 재깍 읽었다. '말할 수 없이 가열찬 느낌이다'라고 나는 말하고 싶다. '아름다웠다'라고 말하고 싶다. '꼼짝달싹할 수 없었다'라고 말하고 싶다. 읽고 나서 멍했다. 몇 번 되풀이 읽으니까, 눈물이 날 것 같았다. 나는 "기적 같은 시를 읽었습니다"라고 말했다(그의 페이스북에 댓글로 썼다). 좀 있다가 (지금은 고인이 된) 박남철 시인이 이어 댓글에 뭐라고 썼다(우리의 페이스북 친구였던 것이다). "어디서 읽은 느낌이 있다. 분명 그런 느낌이 있다"라고. 시는 누군가 묻고 화자가 답을 하는 식으로 전개되고 있었는데, '~느냐'라고 계속 묻는 도입부를 영화의 한 장면에서 따왔다고 김수상이 밝혔음에도 그 고지(告知)를 보지 못하고 비상한 기시감을 기어코 밝혀놓은 것이다. 나는 시가 너무 좋아서 박남철 시인이 질투하고 있다고 의심할 정도였다. 그만큼 시에 완전히 반해버렸다.

나이 오십이 되어가는 사람이, 직장을 다니는 생활인이 어떻게 저런 아름다운 시몽(詩夢)을 꾸고, 아니 설사 꿨다손 치더라도 소스라쳐 일어나 울렁거리는 가슴을 이부자리에서 진정시킨 뒤 전광석화처럼 써내고, 그런데 단지 써낸 것으로 그치지 않고 내 마음을 이리도 울려놓다니, 김수상 이 사람은 누구인가. 페이스북 접속을 종료하고 표표히 사라지는 그의 모습이 꼭 언어의 검객 같았다 (물론 접속 종료한 그 멋진 '검객'은 주방에서 쌀을 안치고 아이들을 깨우고 출근 준비를 시작했겠지만).

그리고 그로부터 몇 달이 지난 뒤였다. 신지영 시인한테 그를 소개하기 위해 그 시를 갈무리해서 페이스북 메시지로 전해주려고 할 때였다. 나는 몇 달 만에 다시 시를 읽게 되는 셈이다. 그날 아침의 감동이 거의 그대로 재현되는 것이었다. 읽기만 하면 눈물이 날 것 같다고, 이런 시는 처음이라고, 참 이상한 시라고 신 시인에게 나는 진심으로 고백했다.

몇 달이란 시간을 두고 재차 확인했으니 시의 물체는 틀림없다고 봐야 하지 않을까. 그런데 참 이상하다. 이번에 목차에 따라 정리한 것을 출판사로부터 건네받아 원고 상태로 수십 편의 시를 읽게 되었는데, 그 시는 맨 뒤에 있었다. 그리고 없던 제목이 생겨나 있었다. 약 1년 반 만에 세 번째 읽게 되는 셈인데, 그런데 덤덤하다. 담담하지도 않았다. 나는 덤덤하기만 했다. 나를 완전히 사로잡았었는데. 이런 시였나?

속았다는 기분이다. 시가 나를 속인 것일까. 김수상이 나를 속인 것일까. 내가 나를 속인 것일까. 아니면 어떤 감동도 시간을 이기지 못하기 때문인가. 무엇보다 제목을 보자마자, 제목이 내 기대를 너무 무너뜨렸다는 느낌이 터무니없이 강했기 때문이리라!

3

김수상은 2015년 봄에 첫 시집을 내는 신인이지만, 신인이라고 하고 말기에 뭔가 마뜩찮다. 시력(詩歷)이라고 한다면, 그건 제법 오래되었다. 1990년, 군대를 다녀온 김수상은 영남대 경제학과를 다니고 있었고, 그해 여름 영대문화상 시 부문에 응모한 「작두골」이란 작품으로 입상한 적이 있었다. 가작 입상자 세 명만 뽑아낸 까탈스런 심사위원은 (당시 영남대에 재직하고 있었던) 『녹색평론』 김종철 선생이다.

「작두골」은 대구 인근에 있는 골짜기의 이름인데, 한국전쟁이 끝나갈 무렵 빨치산들이 자신들을 묻고 스스로 생매장을 해버렸다는 무덤이 있다고 한다. 구해서 읽어본 바, '고요 속에 작두로 오는 서슬푸른/ 기막힌 사연'을 복학생 김수상은 학생답지 않게 무척 조심스럽게 풀어내고 있었다. 그는 입상 소감에 "이 땅에 착취가 있는 한,

시는 이미 무기입니다. 민주주의적 민중권력 단숨에 먹어치우고 근본 변혁 주도할, 그리하여 마침내 꽃사태로 압도해 올 노동자계급, 그 역사 발전의 주역에게로 모든 가치를 귀속시키는 성스러운 투쟁에 동참할 것을 역사는 우리에게 엄중히 요구하고 있습니다"라고 쓴다. 당시 대학가 신문과 교지에서 흔히 보던 당선, 입선 소감이기는 하다.

하여튼 그의 시력을 이때부터 셈해야 한다고 보는 1990년 이후, 25년 만에 첫 시집이 상재된다. 그사이 동구권 현실사회주의 체제가 무너지고 세계가 자본주의 일변도가 된 만큼, 20대 청년이 50대 중년에 접어든 만큼, 김수상도 참 많이 변했다. 페이스북에서 안 지 2년이 지난 지난겨울에야 우리는 얼굴을 까고 부산에서 만났다. "시집을 내겠다고 시를 추려서 읽어보니까, 내 생활 근방 오십 미터 안을 못 벗어나고 있더라" 하며 웃었다. 전편을 이미 읽어본 바, 「작두골」과 같은 소재나 입상 소감에 피력한 사회변혁 의식을 다룬 것은 눈을 씻고 봐도 없었다. 생활이 있었고 이웃이 있었고 자라나는(또는 다 자란) 아이들이 있고 혼자 사는 남자의 끝없는 사랑의 열망이 있었다. 시는 너무 잘 읽혔고, 즉 지루하지 않았고, 즉 군더더기가 없었고, 말 하나하나에 극도로 조심스러워하고 있어서, 엎지르지 않고 욕심내어 넘보지 않으며 꼭 그만큼의 내용을 그만큼의 형식에 담고 있었다. 간결하고 세련미가 있었고 실수가 없다. 실패작이 없다. 혹여 독자한테 누를 끼칠까봐 몸가짐 마음가짐을 철저히 딘속하고 있는 것처럼 보인다.

　실망했다고까지 할 수 없지만, 내 성에는 전혀 차지 않았다. '내 근방 오십 미터를 못 벗어나고 있더라'라고 할 때, '벗어나려고 했지만, 잘 안됐다'라는 부정적인 뉘앙스라서 나는 바로 쏘아붙였다. "수상 샘이 기본적으로 정직한 사람이라서 그렇습니다. 책임질 수 없는 이야기를 할 수 없는 사람인 거예요. 근방 오십 미터가 왜요. 잘못된 거 있나요. 거기서 세계적인 깨달음을 얻어내잖요!" 그의 시는 하나같이 공감을 일으키지만, (내가 기대한) 파도치는 감동까지 주지는 못하고 있다고 나는 판단한다. 추린 55편의 시를 역시 먼저 읽었던 출판사의 한 편집위원은 "약하다"라는 말로 총평했다. 나는 그 말 앞에 말 하나가 빠진 것은 아닌가 싶다. 즉 "대가 약하다"가 아니었을까. 늦게 인연을 맺은 문우로서 (또 인생 선배이기도 한) 김수상 시인에게 내 기대 수준은 엄청나게 높다. 당연하다. 왜냐하면, 그는 어느 아침 기적과 같은 '최고의 느낌'을 안겨주었던 나의 놀라운 시인이셨기에 그렇다.

물론 그 '최고의 느낌'도 이번에는 참 덤덤했다고 앞서 고백했다. 그는 "아, 뒷부분을 좀 고쳤습니다"라고 했다. 그러나 문제는 보충된 한 줄이 아니다. 이번에 새삼 알게 된 시작에 임하는 태도의 문제가 아닐까 한다. 단적으로 그것은 그 시 제목에서 드러난다고 본다. 아, 너무너무 정직한 제목에 말이다.

「그러고도 시를」에 지금의 김수상이, 아니 지난 25년 동안의 김수상이 온전히 들어 있다고 나는 생각한다.

4

등단이나 시집 발간을 욕심내지 않는다고, (페이스북에 쓰고 벗들과 교류하는) 요즘 이대로가 좋다고 내게 누차 말한 바 있었지만, 몇 개월 관계가 소원했다가 만난 그는 "한번 정리해보고 싶었다. 나를 객관적으로 볼 수 있을 것 같았다. 시집을 내야 이 시들에서 떠날 수 있을 것 같았다"라고 모범답안처럼 말했다. 나는 좀 더 노골적으로 이렇게 본다. 시를 품고 이십 년 넘게 살았지만 도무지 자신감이 생기지 않았는데, 근래 시를 내보일, 시인이라고 불려도 될 것 같은, 시집을 내도 될 것 같은 자신감이 생겼다!(페이스북 독자들의 격려에 크게 힘입은 바 있을 것이다.) 그런데 자신감이 생기긴 했지만 너무 조금 생겼다. 이 '너무 조금'에 김수상이 있다고 생각한다. 생각해보면, 김수상의 '너무 조금'이 참 사랑스럽다.

재작년 여름 아침으로 돌아가 볼 때가 된 것 같다. 시집에 실린 '최종본'과 조금 다른 '원본'을 집의 컴퓨터를 뒤져 확인했다. 아래와 같다.

나쁜 꿈을 꾸었느냐? 예 나쁜 꿈을 꾸었습니다. 무슨 꿈을 꾸었느냐? 내가 내 눈으로 똑똑히 본 일을 여럿이 있는 데서 증언해야만 그 일이 바로 서는 일이었는데 저는 침묵했습니다. 왜 침묵하였느냐? 그 사람이 그 사람의 입으로 먼저 말하기를 기다렸습니다. 울었느냐? 예 울었습니다. 왜 울었느냐? 그 사람이 자기의 죄를 고백하지 않고 말을 더듬었습니다. 그런데 왜 울었느냐? 저보다 먼저 그 사람의 죄를 묻는 의로운 사람이 있었습니다. 그 사람이 저보다 나아서 울었고 죄를 지은 그 사람이 또 가여워서 울었습니다. 무슨 죄이더냐? 사람을 죽였는데 꼭 죽일 만한 죄였습니다. 그러나 사람을 속인 죄였습니다. 그러고도 시를 쓴다고 했습니다.

1연 1행으로 되어 있는데, 간밤의 꿈을 옮겨 적은 것이라고 앞서 말한 바 있는데, 자기가 본 일을 바로 세우기 위해 증언대에 섰지만 침묵을 고수했고, 그 이유는 죄를 지은 이가 스스로 먼저 말하기를 기다렸기 때문이고, 그러다가 두 번 세 번 우는…… 그런 꿈을 꾼 것일까, 아니면 이미 울고 울음을 그치고 왜 울었는지를 묻는 이에게 꼬박꼬박 대답하는 꿈을 꾼 것일까(나는 전자였던 것으로 짐작한다). 꿈속의 주인공 김수상이, 아니 시인이, 아니 그가 증언대에서 침묵을 고수한 것은 죄지은 이를 마지막까지 믿어보고 싶었기 때문이다.

그런데 죄를 고백하지 않고 더듬고 있는 가여운 죄인을 보았고, 그 더듬거림은, 거짓말로 자신의 죄를 부정하는 것과는 거리가 멀다. 자신을 구출할 힘센 거짓말을 찾지 못하고 있는 탓의 더듬거림일 수 있고, 거짓말을 구해놓고도 막상 말을 부려보니 죄의 무게에 제풀에 짓눌려버려 거짓말의 허약한 발화에 그치고 마는 더듬거림일 수 있다. 죄(그에 따른 벌)를 너무도 피하고 싶지만, 죄를 부인하는 죄까지 저지를 용기도 기세도 없는 이가 가여워 그는 울었다. 그러니, 애초 증언대에서 침묵을 '고수했다'라고 한 나의 표현은 과한 듯싶다. 죄인이 가여워서 차마 증언할 수가 없다! 꿈속의 그는 그런 사람, 그것은 죄인의 죄에 공감하고 있기 때문이다. 같은 죄를 지은 바가 있기 때문이다. 그는 자신한테 죄인의 죄를 증언할 자격이 없다는 것을 아는 사람이다. 그러나 어떤 이유에서든 증언대에 서야만 했다!

증언해야 하는 그가 침묵하는 새, 죄인도 참말로 또는 거짓말로 더듬는 새, 죄를 묻고 나서는 한 사람을 그는 보았다. 그는 그가 '의로운 사람'임을 알아보았고, 그 사람이 자신보다 나았다. 자신보다 나아서 울었다고 하고 있지만, 즉 '(보다) 낫다, (보다) 못하다'는 지금과 같은 경쟁 이데올로기가 판치는 사회에서 호소력이 있지만, 그가 정작 운 까닭은, 분명히 적혀 있지 않아도, 의로움, 죄가 없음 그 자체 때문이라고 나는 생각한다. 그에게 울음을 터뜨리게 할 만큼 의로움 자체가 그 존재만으로 너무 신랄했기 때문이다(의로움이 이 세상에 있다는 것 자체가 때로 못 견디게 신랄한 일이다). 죄인은 정말 큼직한 죄를 지은 이였다. 살인을 했기 때문이다. 그런데, '살인'이라고 죄인의 죄를 (독자들에게) 발설하자마자 그는 벼락처럼 덧붙인다. 증언이 아니라 그를 결정적으로 변호하듯이! '그러나 사람을 속인 죄'였다고. 그는 숨 돌릴 틈 없는 고백을(이 시는 정말 고백 같다) '그러고도 시를 쓴다고 했습니다'라며 마친다.

그날 아침, 나는, 간음한 여인을 두고 '죄 없는 자 돌로

치라'며 여인을 성공적으로 구출해낸 예수가 떠올랐다. 이 옛이야기를 곰곰이 보면, 그러나 예수마저도 죄를 잘 아는 이였고(정녕 죄 없는 자는 죄 자체를 모른다. 죄 자체를 모르는 자는 돌을 든 죄인들을 결코 설득할 수 없다), 즉 죄를 익힌 적이 있고 죄의식의 경험적 지혜가 있는 이였는데(우리가 알기로 예수는 죄 없는 자의 표상과 같은 이라 해도!), 이런 이치를 김수상의 꿈속 상황으로 옮겨 적용하면, 살인죄(자신을 속인 죄)를 공유하고 있는 그가 죄인이 가여워 울 때, 어쩌면 울음으로 내 몫은 충분하다고 스스로를 위로할 때, 즉 울음으로 자신을 속일 때, 그 위력적인 울음을 떨치고 단호하게 죄를 묻는 의로움은 정녕 자신을 속인 죄가 없는 자만이 할 수 있는 일이 된다.

　꿈속에서 우는 그는 자기를 속인 죄가 죽을 만한 대죄라고 믿고 있었다. 살인하였지만 죽일 만하였던 죄인을 가여워하고, 그러나 죽일 만하다고 하여 정말 죽여버리는 실행까지 하였기에 고백과 증언이 필요하게 되고, 의로운 사람이 나타나기 전까지 죄를 공유한 그도 암 말 못하는 것은 당연하고, 하여 계속 울 뿐인데, 그의 앞에 나타난 그 의로운 사람은 시인이었다고 그는 충격적으로 말한다. 지금 이 글을 여기까지 적으면서, 즉 시를 네 번째 읽으며, 이제야 그날 아침의 감동이 재현된다!

이제 나는 시집에 실으며 붙인 시의 제목도 능히 이해 되고 심지어 가여워 보이는 느낌이다. 여전한 그의 고백 이고, 고백의 강조인 것이다. 죄인의 더듬거림을 가여워 하는 마음의 증폭, 또는 그 마음마저 발가벗기는 의로운 사람의 무서운 빛남에 순종하거나, 순종의 울음과 함께 비로소 빛을 내기 시작하는 다짐이거나, 하여튼 처음에 나는 뭐랄까 '멋진' 제목을 잔뜩 기대했다. 「그러고도 시 를」이라는 무성의한 제목을 붙일 줄은 몰랐다. 자기가 써놓고도 자기 시의 감동을 모른단 말인가!

그러나 「그러고도 시를」, 이 제목도 좋다. 좋다. 좋다. 시에 그렇게 일찍 눈 떠놓고, 그리고 한 여성잡지의 기자 와 편집장, 결혼정보회사 관리직, 빵집 가게 주인 등을 했던 생계의 현장에서도 늘 시를 생각했으며 부지런히 시작(詩作)을 했으면서도 나이 쉰에 첫 시집을 내게 된 김 수상이란 사람을 「그러고도 시를」이란 제목만큼 잘 보여 주는 것도 없기 때문이다. 이 제목은 무성의한 제목이 아 니다. 그건 내가 고리타분한 참신함에 눈에 멀었던 탓이 다. 마지막까지 정직한 제목이다. 나는 의로운 사람이 아 니며, 시인이 아니며, 그러고도 많은 시를 쓰며 살아왔고 이렇게 시집까지 내게 됐지만 그럼에도 내게 자격이 없 다고, 이건 죄라고 끝까지 죄인 됨을 기어코 제목에서마

저 강조하고 있는 것이다. 죽을죄를 짓고 울었다는 시를, 제목을 「그러고도 시를」이라고 지어야만 했던 그를, 이만한 양심고백을 그날 아침처럼, 나는 사랑한다.

5

김수상은 마음속으로 오래 모셔온 스승을 이성복 시인이라고 하였다. 그리고 (어떻게 연결되는지는 몰라도) "시는 시고 삶은 삶인 것 같아요. 시와 삶은 다른 것 같아요. 여러 시인들을 만나봐도 그렇습디다"라고 했다. 나는 바로 쏘아붙였다.

"왜 언행일치를 포기하십니까. 언행일치는 인류의 아름다운 꿈이에요. 시는 시고 삶은 삶이라 마시고, 우리 모두의 꿈이라고 해주세요. 오래전 수많은 선인들이 그 꿈을 꾸고 살았고 우리도 이어받아 살고 있는 거죠. 피를 철철 흘리면서. 이 세상에 언행일치만큼 감동적인 게 있습니까."

김수상 시인은 순간 침묵했다. 침묵이 착해 보였다. 「그러고도 시를」의 거듭된 울음과 침묵이 달라 보이지 않았다.

그의 시들이 '대가 약한' 것은 이 세상 속에 깃들어 살고 있는 그의 삶이 약한 상태에 있기 때문이다. 그는 자신이 약한 상태라는 것을 알기에 약한 시를 쓴다. 그는 강한 시를 쓸 수 없다. 아니 쓰려면 쓸 수 있다. 무척 강해 보이는 시를 쓸 수 있다. 그러나 그건 당장 자기를 속이는 일이고, 죽음으로 치러야 하는 죄를 짓는 일이다. 삶이 약한 상태에 있는 사람들이 지금 세상에 수없이 많다. 그는 섣불리 강해져서도 안 되며, 강해질 수도 없으며, 더욱이 강한 척하는 시는 죽다 깨어나도 쓰지 못할 것이다. 그는 삶이 이렇게 약한 상태에 있다고 증언하는 시를 쓸 것이며, 삶이 약한 상태에 있는 많은 사람들을 울릴 것이다. 함께 우는 울음은 독약 같은 오래된 비밀을 없애버릴 것이며, 실컷 운 뒤에 우리는 강해질 것이다. 그 강해짐은 더도 덜도 없이 꼭 운 만큼의 강해짐일 것이다. 그때 우리는 삶과 일치하는 말 하나를 배웠다고 할 수 있을 것이다. 의로움을 향한 한 발짝.

울음은 삶과 말의 접착제인 것 같다. 내가 두 번이나 쏘아붙이듯이 한 것은 내게 그럴 자격이 있기 때문은 추호도 아니다. 김수상이라는 사람의 시인됨을 믿었기 때문이다. 겁 없이 쏘아붙이는 나를 귀찮아하지 말고 오래도록 데려고 다녔으면 좋겠다. 나는 시인의 공생애를 막

시작한 김수상 시인의 첫 걸음부터 함께한 복 받은 소수의 독자 중 하나임을 믿어 의심치 않는다.